KB218572

지구를
매달고 사는
풀뿌리

지구를 매달고 사는 풀뿌리

2024년 9월 20일   초판 1쇄 인쇄 발행

지 은 이 ㅣ 김근식
펴 낸 이 ㅣ 박종래
펴 낸 곳 ㅣ 도서출판 명성서림

등록번호 ㅣ 301-2014-013
주   소 ㅣ 04625 서울시 중구 필동로 6 (2, 3층)
대표전화 ㅣ 02)2277-2800
팩   스 ㅣ 02)2277-8945
이 메 일 ㅣ msprint8944@naver.com

값 10,000원
ISBN 979-11-94200-25-3

김근식 시집

지구를
매달고 사는
풀뿌리

도서
출판 **명성서림**

시인의 말

나의 풍향계는 방향을 못 잡고
늘 방황하듯 이리저리 돌고 돈다.
신선한 바람을 만나기 위해
군더더기 하나 둘 벗기고
씻어내면서 어두운 변두리에도
맑은 물 흐르고 밝은 등불 켜지는
그 날을 감히 상상해 보니 퍽이나
자신이 미흡하고 부족하다는 생각뿐이다.
그럼에도 불구하고
참으로 고맙고 다행스러운 것은
참신하고 고매한 많은 아바타에게
스스로 위로받을 수 있다는 것에
내심 크게 감사할 따름이다.

2024. 가을
행주산성 산책길에

錦草 金根植

목차

시인의 말

1부. 봄편지

2부. 달빛 쉼터

3부. 자화상

4부. 사람일

1부

———

봄편지

보고 잡다

어쩌면 잊고 살더라도
끝내 잊혀질리야

아무리 멀리 있다 한들
달아난 세월 뒷편
반짝이는 신록
초록의 둥지가 있다는 걸
잊지 마시구려
그것만은

공중에 떠 있는 빛바랜 추억들
많이 보고 잡다

목단꽃

있는듯 없는듯
인적 뜸한
담벼락 아래 기대어 서서
우주를 품어 안았네

아!
돋보이는 왕자의 품격

늦은 봄
화려한 선물

모퉁이 대화

너, 나 잘 모르지?
나도 너 잘 몰랐어

오늘 만나서
참 반갑구나
내가 너무 무심했던거 미안해

이거 놓고 간다
마음에 선물이야

다음에는
너도 나를 반겨주면 좋겠다
또 보자

늦게나마
시절 앞세워
철들고 있는 듯

해맞이

뽀윰한 달빛 걷히고
하늘 열리며 해맞이
들고나는 호흡 따라 기지개

노래이고
희망이고
삶의 기쁨이다

햇살 부신 앞뜨락
수건 하나 목에 걸고

잠시,
걸어온 길 빗질해 본다

너는 민들레

밟히고
뭉개져도
가는 허리
곧추세우고

하얀 나빌레라
떼춤 추는
너는 민들레

봄편지

연둣빛 물감으로 쓴
묻어 두었던 사연
문패 없는 집에도 배달된다

만인의 연신

따뜻한 미소와 함께

상큼한 청춘으로 환생

덕분에 살맛 난다

봄편지

3일 천화天花

진흙 속에 발 감추고
날쭉 디밀어 사슴모가지보다 더 긴 꽃대궁
수자폰 연주소리 감미롭다.

고요한 오경五更에 점화한 등불
환하게 세상 밝힌다

화객花客 발길 잡고
혹여 빈 자리
습바람 휑하여도
세간 진개塵芥 다 껴안는다.

오고 가는 의미

어제는 바람이 찾아왔다
오늘, 바람과 함께 있으나
내일은 바람도 떠나갈 것이다.

어제 피운 꽃
오늘, 보러 간다
내일은 꽃씨 하나 심어야겠다
꽃 다시 피우기 위해

오고 가는 의미
세상의 이치

저무는 해 바라보며
산릉선에 앉아 쉬고 있는 구름
언제나 말이 없네

엄니의 기도

오래된 성경책
손때 묻은 묵주

손바닥 닳도록 비비시며
성경 말씀 외시던 어머니

당신 위함 아닌
오로지 자식들 축원
엄니의 묵주 기도

살아생전
당신의 그런 기도
그 덕택에
이렇게 잘살고 있습니다

연두 선물

콧구멍 벌렁벌렁
봄내음 한가득

지벅지벅 봄을 먹는다
식탁 위의 보약

오랜 기다림의 갈망
안면홍조 설레임
등불 앞에 부는 봄바람

꿈꾸었지
내려놓고 엎드려 있었지
꽃 피워 보려고
열매 맺으려고

야생화

선들바람
가녀린 허리춤

보이지 않는 향기 뿜으며
누리는 무궁한 자유

야생의 끈질김
끝끝내 붙들어 잡고

선구자 되어
소외된 땅에
기둥 세운다

풀뿌리

지구를
매달고 사는
풀뿌리

가는 몸매 낭창낭창
온몸 춤사위
풀잎

바람이랑
햇살과 함께
푸르른 미소

나는
행복한
풀뿌리

노송

용틀임
조선 소나무

한낮 햇빛 사이
창창한 기개

시린 밤 별빛 속
미소띤 낯빛
꿈꾼다
승천의 날

꽃망울 봄날

울 밖 세상을 안아보려고
두 팔 휘저으며 아장아장 걷는다

보이는 것이 모두 제것인양
환호하고 반기듯 즐거워한다

더딘 언사 온몸으로 의사소통
어떤 핑계나 방해물쯤은 사절謝絶
앞만 보고 응석부리듯 거침없다

바깥바람 한 송이 꽃망울
걷는 모습 앙증맞다

빛나는 샛별이다

바지런한 나팔꽃

"해가 떴어요."
어여쁜 동네 파수꾼

이른 아침 이슬로 목 추기며
흥건한 달빛 머금은 채
토해내는 외침
기쁨 함께 쏟아낸다

수숫대 울타리 위에 앉은
수줍은 듯
산뜻하고 고운 얼굴

너는 바지런한
동네 파수꾼

봄마실

성가신
찬바람 떼내고
깊숙이 간직한
품속의 미소

허리에 찬
곱던 세월
목에 걸고

마중 가네
꽃바람

별 하나

보고 싶다
생각하면
더 보고 싶고

아니다
고개 저어도
다시 보고 싶어진다

멀리 있어도
늘 지척에 있는 별 하나
오늘따라
더 보고 싶다

빗방울 소리
나뭇잎에 후두둑

보금자리

돌담 틈새
곡예하듯 터 잡았네
사는동안 집세 걱정은 없겠다

양지쪽이라
볕도 좋고
풍경도 그만하다

오가는 눈길
고개 *끄떡끄떡*

모자람 없는 듯
행복해 보인다

그런 네가
대견스럽다

3월의 환성歡聲

고요한 동토
침묵을 깬 겨울잠
눈 비비며 기지개 켠다

들피진 가지마다 새싹 돋음질
둔덕진 뙈기밭 양지바른 귀퉁이
잔잔한 아우성이 들린다

희망을 출산하는 3월
윤회하는 탄생
축복의 시절입니다.

2부

———

달
빛
쉼
터

청포도

언제나 당당한
풋빛 그 얼굴
알알속 연심 품어
사랑에 빠졌네

보란듯 당당함 그대로
천연 미소
어떤 이웃에게도
기죽지 않는 너

단내나는 청춘
너랑 함께여서
올폭염과 장마도
잠시 지난 기억

입안에서 톡 터지는
싱그런 초록 그리움

그것은

늘상 마음 하나
우주 품는 초심
하회탈 웃음
대지 감싸는 포근함

누가 가지 않아도
꼼짝 않고 버티는 우직함

말없이 다 내어주며
유유히 흘러가는 여유

하늘이고
산이고
강물이어라

접시꽃

마른 씨앗 하나 심은 자리

꽃이 되어 웃어 줍니다

향내는 몹시 소중한 사랑
색깔은 간직하고픈 기억

흔들리며 짓는 미소

그립다
그리워진다

엄니의 모습

인물화

파란 가치를 감춘
화폭속 내밀한 언어
누가 알아줄까

햇살에 피고
별빛에 구김지고
저마다 사정 하나쯤
가슴에 안고 사는 고락

외롭다
내색하지 않고…

독백

빗물
너 가는 곳 어디?

밑바닥 지킨다
몸 낮춘 채

혼자 속살거린다
"지구를 구해야 한다"고

고행

살기 위한
아니, 살아남기 위한 험한 길
바르작대는 혼신의 발버둥

힘겹게 고달픔 팔고 있다
포장길 용쓰는 토룡들
살려고 지상에 나왔다가
칼날 같은 한 줄기 태양열
하늘 입김 한 됫박
뒤틀리는 몸뚱어리

고단한 여정이어라

여름밤 모깃불

불쏘시개 미래의 꿈을 올려놓고
불의 신을 영접한다
소복 차림 춤추는 무녀

짚멍석 깔고 누워
별 하나 눈 맞추면
어느새 신을 맞이하듯
어둠을 헤집는 승천하는 불길

향긋 맵싸한 쑥연기
불청객들의 반란은 제압되고
깊어가는 여름밤
감자알 익는 구수한 냄새와 함께
추억 하나 쌓인다

작은 지구촌 일상

꽃밭에 앉은 나비 한 마리
날갯짓 소통
못다한 밀어

꽃술에 푹 빠진 꿀벌
신나는 엉덩이춤
바지랑대 위에 앉은 잠자리
지나가는 나그네라고
차분한 손짓 너스레

꽃바람 일고
삶과 어우러진 향기

작은 지구촌 일상을 본다

달빛 쉼터

들보는 없다
나뭇가지 기둥 삼고
천장도 벽도 창문도 없다
번지수도 없으니
노랫소리 듣고 찾아든다

동트는 아침나절 스며드는 햇살
늦잠잔 낮달이 잠시 머문다
해지면 노을 머리에 이고
달빛 품에 안는다

기웃대듯 짧막한 안부 남긴 채
잎사귀 흔들며 지나가는
바람 한 다발

햇살을 깔고 앉은 코스모스

송홧가루 뿌려진 길 언저리
늘씬한 몸매 애교스러운 길섶 주인공
누가 그리도 반겨 주길래
때 이른 발걸음인가

지난해 가을 못다 한 사연
그 이야기 들려주려고
서둘렀나 보다

늦은 봄
귀엽고 예쁜 숙녀의 꿈

가을은 아직 먼데

맹물

물 한 모금
목마른 꽃밭을 달랜다

물 한 바가지
싹 틔우고 꽃 피워
열매 맺기를

윤회의 틀에서 살아가는
그냥 지나칠 수 없음이야

맹물 한 바가지
지구를 숨 쉬게 한다

국수

끓는물 처방
생체 투하

쫄깃한 면발
회복되는 자존심
가닥가닥 진진한 맛

간편 친숙
소박해서
편안해서
서민의 식단으로…

매미송

"장맛비 지나갔어요"

새 세상이 열렸다고
가두방송
목청껏

그늘아래 낙원
요란한 매미울음

생존의 본능으로
무더위를 알리고
존재감을 과시한다

뚝배기속 보살

보글보글 끓는 열탕
아무렴은 육질 터지는 고통쯤이야

머리와 발은 정토淨土로 보내고
온몸 보시
뚝배기속 가부좌

죽은 살점 되어서도
살아있는 몸값

보살은
절집에만 있는 줄 알았네

비의 꽃

쏟아진다
퍼붓는 듯
누기 머금은 눅진한 바람
구수한 부침개 땡기게 한다

정겹다
흙마당 때리는 빗소리
흩어진 이들의 기억을 깨운다
빗물속에 섞여 있는 보고픔

피었다가 금세 지는 너
피고 짐은 무대와 객석
너를 만나면
편안해지는 심간心肝

비의 꽃 2

비가 내린다
그리운 사람들

모였다가
흩어지기를

왠종일
창문 부딪히는 드잡이

헛꽃

피고

지고

자책 2

육신이 고단하다 여겨지면
가슴 따뜻하고 편안해진다
팔다리 편하다 싶으면
마음 무겁고 찜찜해진다

공짜로 받은 육신
아끼다보면 흉이될 수도 있겠다는 생각
건성건성 사는 것도
괜히 눈치 보여지는 일

젖은 땀 훔치는 정도는
감사의 보자기로
잘 꾸려야겠다

호박꽃

빛이 결핍된 우주의 태반
들리지 않는 함성 지르며
어둠을 시샘하는 유혹의 아침
고이 잉태했던 생명 하나 탄생

허물어진 돌담위에 앉아
세상을 내려다본다
다들 관심없는 황금나팔 소리
귀 기울여보니 "나도 꽃이다"라고 외친다

달빛으로 화장한 순수 그 자체
꽃이라고 외치는 촌티나는 소박함
푸지게 울림주는 시골스런 얼굴

벌 나비 분주하다

3부

—

자
화
상

자화상

산기슭 거슬러 올라온
하얀 갈바람
세월 낚아
고립된 고독을 달고
비바람 삼킨
입 다문 망부석

해묵은 유혹 비집고 온
방랑자 코스프레

화려했던 금빛 꿈을 태운다

붉은 장미처럼 타는 노을
상기된 광대의 얼굴

갈 때를 아는 갈대

봄날 갈대밭에 가면
푸른 카펫
환영의 손짓 물결
전신으로 삶의 생기가 흡수된다

충분한 생의 만끽
여름 한 철 부러움 없이 살았다
지친 길손 환호속 안도의 안식
위로와 재충전의 활력을 주었다

가을 오면
하얀 머리칼
가벼워진 몸매
무게를 내려놓은 이승의 끝자락

가진것 다 내어준
젊은 날의 환상
갈대는 갈 때를 맞이한다

가을 단상

촘촘한 햇살 노래하는 풍요
뜬소문 같은 너를 보며 놀라
발걸음 멈춘다

우주 한 변두리
분장한 세월 무더기
아기자기 애증스럽다

한 잎 두 잎
모둠 잔치
옹기종기
만남의 축제

이별인 줄도 모르고

조바심

나도 모르게 익는다
햇살과 바람 덕분에

몇 번이나
더 익어져야할 지는
셈하지 말자

다 알고 있는 듯
미소 짓는 저 구름
익을수록 무거워지는 입술

유혹이 서성이던 창가를 지나
실없이 나대다가
저무는 해 바라본다

이웃

자주 보니 정 들더라
오래 보니 편해 지더라

참 고마운 일이다
기쁜 일이기도 하다

소소하게 만나
깊고 진한 인연

이웃은 무형의 자산
아깝지 않은 정

약속

9월 되면
가을 오고
가을이다 싶으면
어느새 9월이 곁에 있었지
서로는 겨룸이라도 하듯
낌새를 보면서
또, 떠날 때를 저울질할 것이다

9월이면
생각난다
상사화 필 무렵에
다시 오마던…

그리움 놓고 떠난
그 사람
그 언약

영그는 가을

가을이 여물어 가면서
겉옷 하나 둘 벗는다

안부 묻고 싶고
그리움 일게 하는
감나무 우듬지 분칠한 심장
자궁속 온기 넉넉한 들녘

묻고 싶은 말 듣고 싶은 말
간직하고 싶은 사연들

가을 옆자리
바삐 가는 길손에게 눈짓인사
구르는 낙엽 따라가 보라고

해거름

우주 공간
이글거리는 붉은 외눈
호위무사 물리고
옥빛 호수속에 내려와서는
누군가에게 꼬리 밟힐세라
조용히 화촉 밝히고
달콤한 속잠에 빠진다

착각

너만은 늘
그 자리
마냥 지킬 줄 알았다

어느 날

뒤 돌아다 보니
웬 낯선 이가
그 자리
차지하고 있었네

말문 닫고
꺾이어
일그러진 꽃이여!

현몽

피붙이의 사슬에 묶이고
가난의 그물에 갇혀
근심 걱정 주름살만 키우시더니
그루터기 마저 지우고 가신지 수 삼 년

칠남매 떨거지 제대로된 호강 한번
못 받으시고
얼마나 섧고 억울하셨을꼬

내려놓고 살았는데
간밤 불현듯 당신이 오셨습니다

쪽찐 머리 곱게 단장한 단아한 모습
평시처럼 감추듯 작은 미소
고맙고 감사합니다. 그 잔상
이따금 눈에 선하겠습니다

어버이날 현몽한 꿈자리

들국화

수줍다가
웃다가
숨박질
실눈 술래

그윽한
눈빛 향기
발길 유인한다

둘레길
해설사

낙엽비

낙엽이 춤춘다
영혼의 무게 달고,

미움과 그리움이 포개진
녹슨 기억으로 사라진다

먹먹해진다
옹이 박혀
상처 난 자리

방해꾼

가로등 눈발

하얗게

하
얗
게

지새운 밤

별을
따지 못했네

벌집

아파트 구석진 외벽
친환경 공법으로 건축한
최첨단 철옹성 공동 봉방蜂房

인간의 과학 문명을 앞지른 듯
외부 위협이 확보된 천연요새

수많은 벌들이 들락거려도
경비나 관리실은 아니 보인다

침묵

지구를 때려보는 낙엽
한동안 말이 없다

세월에 멍이 든 몸뚱어리
이별 두고 스쳐 지나가듯
낙엽도 지구도
그저 말없이 바라만 본다

그래도 시 짓는 이는 말할 것이다

"남아있는 것은 언제나"
"낙엽이고"
"바람이고"
"지구이다"라고

엽서 안부

생각난다
눈에 선하다 했는데
햇살에 적셔진
천연색 문신

시린 가슴
옷깃 여미게 합니다

낙엽은
엽서 안부

철길 낭만

약속은 없었다
기약도 없다
그냥 왔다가
바람처럼 지나가는

영혼에 둘러싸인
외로 갈라진 갈피

소실점 따라
아지랑이만 분주하다
또 누군가가 왔다가
되돌아 갈길

현대 문명에 밀려난
철길 낭만이여!

유익한 종말의 서사시

어느 가을날
지구 한 터전에서 생을 마감한다

아뿔사
노랗고 뽀얀 속살 드러내며 거듭 죽는다

아이구야
왕소금에 맞아 온몸 쪼그라들며 또 죽는다

그도 모자라
맵고 알싸한 핏빛 분칠로 다시 죽네

더는 죽을 일 없겠다 싶었는데
숨 막히는 감방에 감금되어 냉장되다니
이게 몇 번째 죽음인가

완전 기절한 몸 도마 위 칼질
아삭아삭 살상의 진미
반복되는 죽음의 종말

온 누리 인류가 인정한 유익한
유산균의 반전이다.

4부

———

사
람
일

시간차

지전춤
왜바람과 함께 눈꽃
옷섶 설핏
빛바램으로 꽃눈

눈꽃 맞으면
내가 보이고
꽃눈 맞으면
네가 보인다

엇갈리는 상하행선
세월을 흥정하듯
시간이 조각난 뒷모습

망각

나도 모르는 사이
서성대다가
휘지비지 멀리 와 버렸습니다.

그런데 어쩌나
인자는 물릴 수도
되돌릴 수도 없으니
해찰도 하면서
천천히 왔어도 되는 것을

분별없이 휘젓고 방황하던
지난 한때
돌아 앉아있는
잃어버린 기억들이여!

사람일

뻔하고 흔한 일상도
뒤집어 보면
신기하기도 하고
소중하기도 한 것을
무관심하고 허투루 보내기 일쑤

보다 진지하고 더 세심하게
한껏 귀히 여길걸
때늦은 자책감
맥없이 미안하고 멋쩍어진다

따지고 보면 순수한 일들
모두가 이변의 연속일 것이다

환절기

시절 밀어내는 성화
새벽강 떨게 하던 어둠

마파람에 밀려
창문 흔들리는 소리

연민과 경전
양손에 쥐고
침묵하는 나그네

절기는 돌고 돌아
바뀌고 또 바뀌는 순기능

봉화대

하마 주둥이 닮은
허우대 묵직한 틀거지

바람결 무심한 산 정상
변방의 화평
할 일 잃어버린지 오래
어설픈 발자국소리 벗 삼아
먼 산 마주하고 자리 지키고 있네

금세기 유물로 변신한
그대 존재감
잔가지 흔들리는 재롱으로
위로받는다

겨울 채비

꽃비 맞으며 걷던 거리
어느새 물든 허물 벗는다

문풍지 바르고
장작 패는 소리 듣겠다

외로운듯 정겨운
예지와 배려의 까치밥

처녀바람 꾀어내려고
급급한 총각바람

찬바람의 몽니
발아래 서성이고…

침묵의 속내

겨울은 침묵한다
꼼지락거리는 새싹들과 노닐며
향기 빚고 꽃망울 키우고
연둣빛 마수걸이 남풍을 맞이한다

춘삼월 소리 없는 외침
초록 위의 햇볕 윤슬
수선스런 계곡물 흐르는 소리
허물 벗는 누에, 흰싸리꽃과 눈 맞춘다

알듯 말듯 미소속 묵언, 여름
가슴에 품을 크고 작은 그림들
서녘 붉게 타는 노을 길
새로운 이별과 만남을 그린다

가을, 행낭 하나 걸메고 떠나는 여행길
그렁그렁한 눈망울 해설피에 기대여
잊혀진 기별하나 접어두고
유한과 무한의 행간을 더듬네

북어의 변

고향 그리워
기진한 깡마른 몸통
발악하듯 입 벌린 채
두 눈 감지 못하고
분을 삭이고 있다

사람에게 빼앗긴 목숨
또다시 바람한테 매질 당한 육신

찢겨진 살 조각
끓는 물에 빠져도
기꺼이 보시하리라
인간의 속 풀이를 위하여

암자

해맑은 풍경 소리
졸고 있는 목탁

석등 꼭대기
작은 새 한 마리

댓돌 맴도는 청설모
정겹다
절 마당 낙엽 놀이터

탁발 나들이 중
주지 스님

추억에 묻힌 고향

나뭇가지 흔들던 봄바람
남녘에 간 철새 부르고
옷깃 속 파고드는 된바람
초가삼간 아랫목 그립다

발바닥 간질거리던 춘설
햇살 끝에 그리움 엮고
실개천 마을 놀이터
뽀드득거리던 발아래 하얀 눈

따뜻하고 친밀했던
어릴 적 추억에 묻혀버린 고향

기적

내가
좋아하는 상대가
나를
좋아하는 것

그것이

바로

기적일 것이다

평범한 지혜

소소한 일 고맙다 여기니
작은 기쁨 나고

사소한 일도 소중하게 여기니
신기해지고

하찮은 일 정성 들여
귀한 일이 되고

당연한 일을 감사하다 했더니
마음이 놀이공원 꽃동산

내 안에 있는 평범한 지혜
행복한 하루입니다

탯줄

잘라도
도로 이어지는 끈

쇠사슬
지상 인연

나목裸木

곱던 옷 벗어버리고
입멸에 든다
새 옷 갈아입고
해탈하려고

홀로 서 있다

눈구름 기다린다

그는
삭풍을 부른다

공존

빛과 그늘
바람과 벽
추락의 바닥

이별 선언
종지부 찍고
양극의 위력
다시 부활한다

얼기설기 금빛 설계
데면글면 우리네 삶

아침 바다

밤새
하늘 껴안고 놀던 까만 바다

잠에서 깨어난
잔잔한 물결 정겹다

별 지는 소리 상큼한 들숨
차디찬 바다 위 제사상
이글거리는 핏빛 제물

분망하다
갈매기 무리

아버지 유품

진열장 구석진 한쪽 켠
속절없는 이별인 채
오래된 손목시계 한 점

주인의 체온 잊고
체념에 가라앉아
멈춰버린 시곗바늘

피보다 진한
세월에 덮여
정지된 시간으로

어느 날 오후

쫑긋
귀 열고
시선 고정
말 걸어주는 이 있을까 하고

장승처럼 서 있는 고목
세월의 무게
굳어진 뼈마디

무심한 바람
스쳐 지나간다
회색 구름
귓속말 한마디

"그래도 잘 살아왔어요"

·
———

평론

『두 개의 동심원이 아우르는 현란한 파문』

지구를 매달고 사는 풀뿌리 — 김근식

김욱동(시인, 평론가)

이미 고고성을 울린『작은 옹기가 품은 그리움』과『용서를 위하여』라는 1집, 2집에 이어 김근식 시인이 상재上梓하는 제 3시집『지구를 매달고 사는 풀뿌리』를 만난다.

아쉬운 것은 이미 발표된 1집과, 2집을 대할 수 없었던 점이다. 일흔을 넘긴 나이에도 불구하고 식지 않는 열정으로 활화산처럼 분출하는 시인의 창작 진원지의 태동을 탐방하지 못했기 때문이다. 그러기에 더욱 조심스럽고 세심하게 시인의 시편을 심미안으로 탐색해야 하는 부담스러운 걸음을 가다듬고 시작한다.

시집 전체의 흐름은 시인 내면의 용광로와 같이 들끓는 뜨거운 창작의 열정이 만드는 심상의 파장이 끊임없이 일으키는 동심원의 파장이다.

그리고 그 파장이 빅뱅 이후 팽창하는 질량의 동심원이 일으키는 또 다른 파장과 부딪치고, 때로는 조화를 이루는 오묘한 인연의 파장들이 빚어내는 경지에 이른 언어의 마술이다.

『지구를 매달고 사는 풀뿌리』에는 모두 73편의 시가 4부로 꼼꼼하게 구획되어 있다.

1부에서 만나는「풀뿌리」는 제목이 동일하지는 않지만, 내용상으로는 사실상의 표제시標題詩로서, 시집 전체를 통해 만날 시인의 시적 발화점과 그 발화를 통해 아우러지는 심상의 궤적軌迹을 미루어 짐작할 수 있는 단초端初다.

『지구를 매달고 사는 풀뿌리』 얼마나 삽상한 표현인가?

깊은 암자에서 어렵사리 만난 수도승의 계송戒松같은 화두話頭인가?

땅에 의지하고 사는 풀은 지구란 토양에 뿌리를 박고 사는 것이 보통 사람들의 안목에는 당연지사다. 하지만 굳이「양자 물리학」사람의 시선이 닿을 때 파동으로 머물던 것이 일정한 물질로 현현顯顯한다–는 인문학적 소양을 동원하지 않더라도 화자 통찰의 날카로움이 머무는 시발점에서의 풀뿌리는 지구를 매달고 있다.

온 우주 삼라만상을 중중무진重重無盡의 인연의 구심점과

시인의 마음에서 일어나는 시적 발화의 동심원이 서로 다른 파장으로 이어가는 파문의 교차점을 시인의 놀이 공간으로 유희하는 저 통쾌함은 김근식 시인만이 독자에게 소개할 수 있는 그래서 섣불리 모방할 수 없는 호방함이다.

 1부에서 표제시 격인 「풀뿌리」을 다시 한번 언급하기로 하고 열려있는 4개의 문 가운데 첫 번째 문을 연다.

1부:봄 편지

 인연因緣의 발화가 비롯되는 중중무진重重無盡의 우주도 현란한 사중주 현악 연주인 비발디의 사계로 표현된다면 그 시작은 봄일까?

    지구를
    매달고 사는
    풀뿌리

    가는 몸매 낭창낭창
    온몸 춤사위
    풀잎

    바람이랑
    햇살과 함께

푸르른 미소

나는
행복한
풀뿌리

－「풀뿌리」 전문

  일면식一面識도 없는 김근식 시인이지만 약력을 통해 왕성한 문단 활동의 경력을 보았으며 이번에 상재上梓하는 제3시집 원고에서도 시인의 치밀한 작가 정신을 만날 수 있었던 것은, 4부로 나뉜 각 부마다 부제와 같은 제목의 시들이 편제編制되어 있었기 때문이다.

  그런데 유독 들어가는 제1부에는 같은 제목의 시가 보이지 않았다.
  그러다 「풀뿌리」에서 희미하게나마 시인의 의도를 유추類推할 수 있었고 그것은 시편을 깊이 탐닉耽溺할수록 또렷해졌다.

  상고시대上古時代를 거처 국가가 형성된 때부터 특별히 조선시대에 와서는 힘없고 연약하여 권력층에 짓밟히던 백성들을 일컬어 "민초民草-백성을 질긴 생명력을 가진 잡초"라 불렀다.
  그렇지만 비록 돈과 권력 명예는 갖지 못해 멸시되거나 천대 받지만, 나라의 근본을 지탱하고 내일을 있게 만드는 힘은 "민초"다.

함민복 시인의 "말랑말랑한 힘"의 정조情調와 흡사한 풀뿌리 인생은 결국 화자인 시인의 삶의 지향점이며 추구하는 힘이다.

하지만 그것을 민중의 힘으로만 그쳐 버리면 시인의 의도에 절반만 근접하는 과오를 범하게 된다. 그렇다, 또 하나의 동심원인 지구와 은하계의 파문에까지 이른 시인의 혜지는 지구를 매단 것이 뉴턴이 발견한 만유인력萬有引力이라는 학설 이전에 풀뿌리의 삶이란 역설逆說이다.

인간 세계에서 국가를 구성하는 근본인 민초民草와 태양계 3번째 행성 지구를 매달고 버티는 풀뿌리의 동질성同質性과 이질성異質性의 이율배반적二律背反的 동심원의 파장이 빚은 인간의 삶을 절창絕唱의 은유와 환유로 시인은 노래 한다.

울 밖 세상을 안아보려고
두 팔 휘저으며 아장아장 걷는다

보이는 것이 모두 제것인양
환호하고 반기듯 즐거워한다

더딘 언사 온몸으로 의사소통

어떤 핑계나 방해물쯤은 사절謝絶
앞만 보고 응석부리듯 거침없다

바깥바람 한 송이 꽃망울
걷는 모습 앙증맞다.

빛나는 샛별이다.

- 「꽃망울 봄날」 전문

　봄은 만물이 소생하는 계절이다.
　마치 우주가 춤추는 왈츠와 같은 들뜸이 사람의 마음은
말할 것도 없고 심지어 겨우내 죽은 듯 움츠리던 대지도 어
머니 같은 자애로운 품을 포슬포슬하게 열고 젖줄을 내민다.

　1825년 빈에서 출생해 왈츠의 왕으로 칭송받은 오스트리
아 작곡가 「요한 슈트라우스」의 '봄의 소리' 왈츠를 눈으로 듣
게 만드는 정겨운 시다.
　마치 걸음마를 연습하는 어린 아기의 걸음새처럼 때론 위
태하기도 하지만 두팔을 허공에 내저으며 고고성을 터트리
는 꽃망울의 소리 없는 아우성 그래서 봄은 분주하고 소란
하기도 한 것이다.

　응석과 앙증맞음은 영락없는 아기들의 자태다.
　그들로 인해 인류의 역사는 이어지고 진화하는 것은, 마

치 풀뿌리가 매달고 있는 지구 역시 빅뱅과 블랙홀의 이중적인 동심원으로 왈츠를 추고 있는 대우주의 행태와도 흡사한 것이다.

꽃망울의 봄날은 청청한 여름의 초록으로 무성하다가 숙연해지는 계절의 어스름인 가을의 낙엽으로, 필연적으로는 겨울을 맞아 생을 마감할 것이다.

화자話者는 봄날의 꽃망울에서도 커다란 동심원으로 굴러가는 윤회輪廻의 수레바퀴를 바라보며 그래도 소망이 있음을 다음과 같은 호머의 시를- "가을 바람이 낡은 잎을 땅에 뿌리면, 봄은 새잎으로 숲을 덮는다."- 떠올리며 '빛나는 샛별'로 규정하는 게 아닐까?

2부 : 달빛 쉼터

이번엔 조리개다.

1부에서 듣던 왈츠의 리듬감은 2부에서 분주하게 카메라로 바꿔야 하는 반전이 펼쳐진다.

당연히 울울창창한 비발디의 여름을 기대했으나, 제3시집을 상재 하는 시인의 노련함은 읽는 자들의 통념상通念常 짐작하는 게으른 허慮를 찌른다.

들보는 없다

나뭇가지 기둥 삼고
천장도 벽도 창문도 없다
번지수도 없으니
노랫소리 듣고 찾아든다.

동트는 아침나절 스며드는 햇살
늦잠 잔 낮달이 잠시 머문다
해지면 노을 머리에 이고
달빛 품에 안는다.

기웃대듯 짤막한 안부 남긴 채
잎사귀 흔들며 지나가는
바람 한 다발

－「달빛 쉼터」 전문

　풀뿌리에 간신히 의지해 지탱하는 지구에 살 수밖에 없는 시인이 옹삭 맞은 지구를 그것마저 그리듯 감싸고 돌며 부러워하는 달빛에 분 넘는 쉼터 한 자락을 내어준단다. 애당초 쉼터란 이름을 붙이기조차 민망한 구조물의 엉성함은 헐거운 인생의 지나온 여정과 흡사하다.

　들보는 없다/나뭇가지 기둥 삼고/천장도 벽도 창문도 없다/번지수도 없으니/노랫소리 듣 고 찾아든다.//

－「달빛 쉼터」 부분

마치 흘러간 유행가 가사처럼 문패도 번지수도 없는 주막에 주인마저 다른 대상을 사모하여 마음을 잡지 못하고 늦잠에 취해 있을 때 살그머니 다녀간 햇살, 뒤늦은 노을 무렵에서야 그림자에 불과한 달빛을 품으며 스스로에게 그리움의 쉼터를 내어주었다고 자조적인 위로를 한다.

끝내는 그 모습을 지켜보던 바람 한 다발이 짤막한 안부를 새긴 잎사귀를 비웃듯 흔들며 지나간다.

읽을 수 없는 그 안부가 새겨진 화자의 잎새에는 어떤 시가 담겨있을까?

> 보글보글 끓는 열탕
> 아무렴은 육질 터지는 고통쯤이야
>
> 머리와 발은 정토淨土로 보내고
> 온몸 보시
> 뚝배기 속 가부좌
>
> 죽은 살점 되어서도
> 살아있는 몸값
>
> 보살은
> 절집에만 있는 줄 알았네
>
> – 「뚝배기 속 보살」 전문

이 시에서는 시인 심상의 시적 모티프(Motif)가 내연內緣에서부터 외연外緣으로 향하는 파문을 일으키는 동심원의 개념이 오히려 우주적인 깨달음으로 수렴收斂되는 성찰의 단계로 몰입沒入한다.

얼마 전까지만 해도 무더위가 기승을 부리는 여름이 되면 '삼계탕'과 쌍벽을 이루다가 지금은 금기 식품으로 비호감의 사람들로부터 지탄指彈의 대상이 된 음식이 있다.

자신들이 평소에 아끼며 타던 말은 식용으로 버젓이 식탁에 올리는 일부 서구사람들, 그중 프랑스의 유명한 모 여배우가 우리나라의 식문화에 혐오감을 매스컴에 표현한 뒤 한동안 소란이 가라앉지 않았다.

그러다 최근에는 일인 가족과 노령인구의 증가로 반려동물 기르는 열풍이 거센 소용돌이까지 가미加味 되어 지금은 더더욱 금기 식품으로 전락한 음식도 있다.

초복, 중복, 말복으로 이어지는 삼복더위에 우리 민족이 가난하던 시절의 세시 풍습으로 즐기던 보신 문화다.
뚝배기 속에서 모가지와 발목이 잘린 채로 가부좌를 틀고 있는 뽀얀 자태

'부처와 내가 둘이 아닌 하나다'란 법문에 의하면 삼라만상 일체중생은 분리된 것이 아닌, 하나다. 즉 내가 부처고, 예수고, 마호메트이다. 라는 불교의 심층 법문에 이르는 시인의 화두話頭에 이르게 된다.

법을 얻기 위해 뱃길로 당나라로 향하던 원효와 의상이 당항포(지금 경기도 화성 백곡리 부근) 인근 굴속에서 잠을 잤다. 한밤중에 목이 말랐던 원효가 일어나 곁에 있던 바가지에 담긴 물을 달게 마셨다. 그러나 다음날 날이 밝자 그 바가지는 해골이었고, 물은 인골이 썩어 고인 물이었음을 알았다.

그 순간 일체유심조一切唯心造라는 원효의「오도송」즉, 화엄경의 중심 사상을 득도得道하게 된다.

그 후 원효는 중국 유학을 중단하고 당시 특권층이나 일부 귀족의 전유물이었던 불교의 진리를 대중에게 설파說破하며 구도자의 길을 간다.

제대로 깨달음의 길을 안다면 시인처럼 뚝배기 속에서도 보살을 만나는 득도의 경지인 동체대비심同體大悲心에 도달할 수 있는 것이다.

머리와 발은 정토淨土로 보내고/온몸 보시/뚝배기 속 가부좌//
- 「뚝배기 속 보살」 부분

도살될 때 머리와 발은 이미 극락정토로 보내고 온몸으로 보시하는 닭이 가부좌 틀고 앉은 뚝배기, 그 속에서 그토록 만나기를 원했던 보살이 있음을 발견한다.

열반의 경지를 열탕 뚝배기 속에서 발견하는 해탈解脫이다.

보살을 만나러 절집을 향하던 걸음은 멎고 지관止觀의 경지境地에 이른다.

3부:자화상

제3부는 미당 서정주님의 대표작 「국화 옆에서」를 대하는 숙연함이 깃들어 있다.

앞서 언급했던 문학의 효시曉示라고도 일컫는 「일리아드 오디세이」란 불굴의 서사시를 남긴 호머의 시구를 인용한 '페이트의 산문' 중에서 "사람은 나뭇잎과도 흡사한 것 가을바람이 낡은 잎을 뿌리면 봄은 다시 새로운 잎으로 숲을 덮는다."라는 철리哲理 앞에 발걸음을 멈춘 시인의 모습을 발견한다.

봄날 갈대밭에 가면

푸른 카펫

환영의 손짓 물결

전신으로 삶의 생기가 흡수된다

충분한 생의 만끽
여름 한 철 부러움 없이 살았다
지친 길손 환호 속 안도의 안식
위로와 재충전의 활력을 주었다

가을 오면
하얀 머리칼
가벼워진 몸매
무게를 내려놓은 이승의 끝자락

가진 것 다 내어준
젊은 날의 환상
갈대는 갈 때를 맞이한다

                      – 「갈 때를 아는 갈대」 전문

  때를 안다는 것은 지혜智慧다.
  생자필멸生者必滅이란 이 세상에 온 그 누구라도 그리고 그무엇이라도 필연적으로 가야 할 길이다. 애써 부인해도 태어난 것은 그 무엇에게도 반드시 마지막 날은 온다.
  지난해 늦가을 바람이 불 때마다 서걱거리며 바스러지던 갈대도 봄이 오면 다시 새순의 푸른 카펫을 마련한다. 새로운 생명으로 충만함을 노래 부르는 것이다. 그리곤 여름 한철 생의 충만함을 만끽하며 타인들에게까지 위로를 주며 환호를 받은 갈대는 시인의 의인화된 환유다.

하지만 싸늘한 주검의 침묵이 산하를 덮을 겨울이 문턱에 다다른 가을이면, 젊은 날의 진액을 다 쏟아낸 가벼운 몸으로 이승의 끝자락에서 하얀 머리칼을 휘날린다.

가진 것 다 내어준/젊은 날의 환상/갈대는 갈 때를 맞이한다.//
– 「갈 때를 아는 갈대」 부분

가을바람이 낡은 잎을 땅에 뿌리는 성숙한 계절 앞에 시인의 혜지가 숙연해지는 이 가을이다.

갈대 앞에서 눈부시던 혜지는 이번엔 식탁 앞에서 진가眞價를 발한다.

지금은 K-한류 열풍으로 많은 세계인으로부터 사랑받는 김치는 우리 조상들의 지혜가 깃들여 있는, 그리고 시인의 안목에서는 철학적이기도 한 음식이다.

그 김치의 일생을 의인화한 다소 해학적이기도 한 시인의 폭넓은 시적 안목이 빚어내 독자에게 미소를 머금게 하는 흥겨운 시다.

어느 가을날
지구 한 터전에서 생을 마감한다

아뿔사
노랗고 뽀얀 속살 드러내며 거듭 죽는다

아이구야
왕소금에 맞아 온몸 쪼그라들며 또 죽는다

그도 모자라
맵고 알싸한 핏빛 분칠로 다시 죽네

더는 죽을 일 없겠다 싶었는데
숨 막히는 감방에 감금되어 냉장되다니
이게 몇 번째 죽음인가

완전 기절한 몸 도마 위 칼질
아삭아삭 살상의 진미
반복되는 죽음의 종말

온 누리 인류가 인정한 유익한
유산균의 반전이다.

― 「유익한 종말의 서사시」 전문

  사람의 입맛을 사로잡는 완숙한 경지의 김치가 되기까지 시에서 여섯 차례의 죽음을 겪고서야 식탁에 오를 수 있었던 김치는 다름 아닌 시인 자신의 자화상自畫像이다.

  오늘에 이르기까지 겪었을 수많은 역경과 난관이 흡사 죽음과 같은 고비도 있었을 것이며 절망에 몸부림친 때도 헤아리기 힘들 것이다. 김치의 여섯 번 죽음은 오히려 작은 예

표에 불과할 것이다.

3부 도입 부분의 미당 서정주님의 「국화 옆에서」처럼 꽃 한 송이를 피우기 위해 온 우주가 연기법으로 맺어지고 비로소 거울 앞에선 성숙한 여인의 모습이 되듯이, 오늘의 김근식 시인이 있기까지 억겁의 인연들이 스쳐 지나며 때론 맺어지고 또 사라졌을 것이다.

그리고 시인의 길 역시 제3시집이 나오기까지 수많은 인고의 밤을 지새웠을 것이며, 적절한 한 단어를 구하려 피 말리는 심상의 파장이 일으키는 동심원 속에서 전율했을 것이다.

그리고 김치의 마지막 길이 온 인류가 인정하는 유익한 유산균으로 건강을 책임지듯이 김근식 시인의 시편은 삭막한 현대를 살아가는 사람들에게 청량한 각성을 불러오는 정신적인 유산균의 보고인 시편이 『지구를 매달고 사는 풀뿌리』다.

그래서 자화상自畫像이다.

4부:사람일

시인의 수도승 같은 잠언의 시들이 즐비한 『지구를 매달고 사는 풀뿌리』에 심취하며 탐닉하던 길도 어느덧 막바지에 이른다.

제4부는 다시 네 개의 현악기로 연주되는 비발디의 사계 중 겨울에 해당하는 부분과 흡사한 인생의 마지막을 암시한다.

특별히 비발디의 사계는 각각의 부분마다 작가를 알 수 없으나(비발디 자신이라는 설도 있음) 소네트(sonnet)라는 짧은 시가 계절마다 붙어있어 그것이 곡의 내용을 설명하고 있다.

'사계의 겨울'은 첫 악장이 시작되자마자 겨울의 서늘한 분위기를 느낄 수 있다. 천천히 전개되는 현악기의 소리가 신비롭게 울린다. 이어 성악과 현악기의 조화가 신비롭기까지 하며 마치 눈 속에서 흐르는 얼음 같은 찬 느낌을 준다.

추위와 고요함, 그리고 하얀 설경의 아름다움을 느낄 수 있는 철학적인 뉘앙스(nuance)를 담고 있다.

우리는 운 좋게도 김근식 시인의 소네트(sonnet)로 재해석되는 인생의 사계를 듣는다.

찬바람 불고 눈이 내리는 겨울이 문득 우리 앞에 다다랐음의 경종으로 세상을 흔드는 동심원의 파장을.

꽃비 맞으며 걷던 거리
어느새 물든 허물 벗는다

문풍지 바르고
장작 패는 소리 듣겠다

외로운 듯 정거운
예지와 배려의 까치밥

처녀 바람 꾀어내려고
급급한 총각 바람

찬바람의 몽니
발아래 서성이고…

– 「겨울 채비」 전문

　봄의 기억이 아직도 생생한 거리가 허물을 벗겨내듯 온갖 색채를 떨군다.

"미각지당 춘초몽 계전오엽 이추성未覺池塘 春草夢 階前梧葉 已秋聲"

　권학시勸學詩로 유명한 위의 글은 비록 학문의 성취뿐만 아니라 사람의 삶도 유수 같은 세월을 이길 수 없기에 소중히 여기라는 성현의 가르침이다.

자연의 작은 변화에도 지혜로운 이들은 다음 계절을 준비한다.

> 문풍지 바르고/장작 패는 소리 듣겠다//
>
> 외로운 듯 정겨운/예지와 배려의 까치밥//
>
> 처녀 바람 꾀어내려고/급급한 총각 바람//
>
> — 「겨울 채비」 부분

가을 끝자락이면 찢어진 대로 버려둔 문풍지를 바르며 장작 패는 정겨운 모습과 소리를 시인의 상상력을 통해 펼쳐진다.

산하山河에 쌓인 하얀 눈으로 먹이를 구하기 힘든 새들까지 배려하여 남겨두는 까치밥의 예지. 스산한 가을바람을 새로운 봄바람을 꾀는 구애로 너그럽게 눈감는다.

> 겨울은 침묵한다
>
> 꿈지락거리는 새싹들과 노닐며
>
> 향기 빚고 꽃망울 키우고
>
> 연둣빛 마수걸이 남풍을 맞이한다
>
> 춘삼월 소리 없는 외침
>
> 초록 위의 햇볕 윤슬
>
> 수선스런 계곡물 흐르는 소리

허물 벗는 누에, 흰싸리꽃과 눈 맞춘다

알듯 말듯 미소속 묵언, 여름
가슴에 품을 크고 작은 그림들
서녘 붉게 타는 노을 길
새로운 이별과 만남을 그린다

가을, 행낭 하나 걸메고 떠나는 여행길
그렁그렁한 눈망울 해설피에 기대여
잊혀진 기별하나 접어두고
유한과 무한의 행간을 더듬네

                      – 「침묵의 속내」 전문

  시인이 노래 부르는 종말은 새로운 시발점이고 출발점은 다 가올 마지막을 성찰하는 종착점이다.

  그래서 시인의 침묵하는 겨울은 흡사 「빌헬름 뮐러」의 시에 「프란츠 슈베르트」가 곡을 붙인 연가곡 〈겨울 나그네〉의 배경 속으로 시인이 안내하는 여정으로 들어가는 형상이다. 죽은 듯 얼어붙은 개울의 얼음장 밑으로 시인의 귀에 들리는 봄모래같은 개여울 소리, 그 소리에 실려 오는 꽃향기, 연둣빛 남풍을 마음껏 가슴에 담는 포근한 겨울이다.

  시인이 행낭 하나를 메고 떠나는 가을은 지난 사계가 끝없는 파문의 동심원으로 파장을 일으키며 가시성 유한의 세계를 초월하여 광활한 대우주의 무한을 넘나드는 언어의 행간을 유희하며 주옥같은 시편을 잉태한다.

영원히 지워지지 않을 것 같은 이별 하나도 행낭 깊숙이 간직한 채 겨울 속으로 가는 시인의 속내는 묵언默言이다.

> 꼼지락거리는 새싹들과 노닐며/향기 빚고 꽃망울 키우고/연둣빛 마수걸이 남풍을 맞이 한다//
> 춘삼월 소리 없는 외침/초록 위의 햇볕 윤슬/수선스런 계곡물 흐르는 소리/허물 벗는 누에, 흰싸리꽃과 눈 맞춘다//
> 알듯 말듯 미소속 묵언, 여름/가슴에 품을 크고 작은 그림들/서녘 붉게 타는 노을 길/ 새로운 이별과 만남을 그린다//
>
> – 「침묵의 속내」 부분

시인의 속내의 깊이와 절묘한 은유로 묘사된 두 개의 동심원이 만든 황홀한 파장의 오로라에서 이제 벗어날 시점이다.

시적 연륜과 사고의 폭과 깊이, 마르지 않는 열정으로 빚은 경험치의 산물이 시인의 세 번째 시집에서의 유감없이 피력되었음을 발견한 기쁨을 누렸다.

앞으로도 지칠 줄 모르는 창작의 열정으로 또 다시 독자들에게 선보일 시인의 내일을 기대하며 평을 닫는다.